noctamburdelerías

roberto vidal miranda

Índice:

A vuelta de cerradura

A miedo de girar la cerradura
contrario a los laberintos
amueblados
pernoctas a reglas
de magulladuras seguras
rasponazos ligeros
golpecitos de mazapán
y unas campanillas asiáticas
dándose entre ellas
anunciando alguna que otra
corriente de aire
producida por el equipo
acondicionador de paraísos
Y de seguro vas a morir
de vegetal casero
de viejo
O de come mierda

A riesgo de vuelta siniestra
o quebraduras de candados
asienten las mixturas del asfalto
En un segundo estás embebido
en una ola de gente
que parece normal
pero en las entrelíneas
de sus carnes
habitan monjas y putas
políticos y lameculos de políticos
pedofílicos y curas
asesinos en serie y presidentes
banqueros y ladrones
policías y borrachos
misioneros y chupacabras
vagabundos y perfumados malolientes
trapecistas y mercenarios
Agentes transmisores
de virus mortales
de virus semimortales
de virus semidioses
de demonios de dioses
Y de seguro vas a morir
de roces o mordidas
de sexos o de un rayo
también de viejo
O de morbosas maldiciones

Retazo 82

En camino
a las catapultas
desperdigan
las fosilerías
las futilerías
con las cursilerías
incluidas
-o mejor, excluidas-
de los bolsillos
del pecho
o del cerebro
tanta bisutería
desacelera
la velocidad
para vencer
las pendientes
en las voladas
retrasa
muchos
pocos instantes
-en realidad los más importantes-
sobre la cima

y acelera
el desprecipicio
entre
los precipicios
grafitados
con señales
de mantener
los límites
de cordura

después
los golpes
los amados
golpes
los bendecidos
golpes
y
los primeros auxilios
al tiempo
descanso
y repetir
dentro
de
medio siglo

Ola primitiva

I
esta ola es basada en hechos irreales
transmitidos por los degenerados
           de cada fecha troquelada
al escozor de sus inconsistentes cuerdas matinales
convirtiendo una cresta en desnudo
enredando una espuma en rocío
culpando en una gota la erosión

II
vino de blanco y destilada
             antes del diluvio anti bíblico
fue mutando de colores
hasta equilibrarse con el falso techo
fue engañando a las buenas lenguas
hasta degustarse en sus propias papilas
fue cargada con todas las escamas
que los reptiles abandonaban a su azar

III
andan los descalzos
        donde dan pie las caracolas
buscando que le borren
        las huellas a cada trasnochada
y el ayer no acumule recuerdos
de los duelos bisiestos
y el ahora no sienta remordimientos
        por mentirle a su verdad

IV
traen los labios sucios
al encuentro con las rupturas
antes que se descubran
        las manchas de salivas sin identidad
una vez que llegue la luz a la orilla

V
bautizan los pecados de los ancestros
encendiendo las cabezas entre sus gotas
y aguantan los oxígenos
        a punto de pulmones crédulos
distorsionando
los abanicos paridos por los prismas
y rezan
y luego se largan

VI
han convencido a todos
    que parte saturada de naufragios
y regresa apuntalada de tablas de salvamento
para evitar los ataques de pánico
                de los ahogados de tierra adentro
pero en realidad muere
por la constante contaminación de los esperanzados
y ella misma se siembra
                bajo la soledad de las arenas movedizas

Horóscopos usados

En picada han perdido altitudes
los horóscopos usados de hoy
Veinte líneas han cruzado los dedos
a la hora de jurarse un adiós

A tropeles circulan las fases
sobre rostros traslúcidos de mostrarse felices
bajo el descaro de esas lámparas
que no apagan nunca

Bordea la trampa escondida entre portales
abiertos los veinticuatro aguaceros
contados desde el anochecer
       hasta el suicidio de la madrugada

Recortaron los tiempos de espera
en las cuerdas que envejecen el andén
Un segundo se ha vuelto un escape
Una hora se fue sin querer

Los domingos no aceptan más besos
que no sean los de unos labios malditos
dispuestos a quedarse más
       tiempo que el profetizado

Antro de borrachos bien bautizados

Nunca estuvo
-al menos conmigo-
en este antro de borrachos
bien bautizados
pero mal juntados
mas a momentos
esnifo el sudor
de tus nalgas
sobre el forro de la banqueta
de al lado
y la toco
y está húmeda
y esa victrola ronca
que apenas disuena
medias notas
no expectora
ningún tema escuchado
en tertulias a encueros
pero esas letras
me clavetean tus voces
en la ebriedad de los pellejos
y los cigarros transpiran
los humos de
cientos de pulmones
cancerígenos
e inhalo a rachas

fuegos de picadura rubia
mezclados con cápsulas
de aditivos mentolados
sólo contaminados
por tus bocanadas
y el del otro lado desconoce tu nombre
y el barman tampoco lo sabe
y ninguno de estos alcohólicos
de mierda lo saben
y a pesar de ser tu nombre nada común
y ninguno de ellos saberlo
cada vez que alguno de ellos
alza el vaso y
nombra a la causante de sus perdiciones
maldicen tu nombre
y yo brindo también
con un trago
-diferente-
que comencé
a chupar la misma noche que
me echaste a la oscuridad
de la calle
y entré a este bar
donde nunca estuviste
-al menos conmigo-
pero donde siempre
como siempre
me vienes a molestar

Error de relojería

Quien contaba rotares amoló los dentados
De unas ruedas que un tiempo
                              engranaron por vicio
Enrocaba las puestas con tres lunas sin fases
Manipulando mareas al error de su oficio

La noche desmintiendo el arribo del despido
Ciega con neblinas los párpados del crepúsculo
Retarda la mirada más allá de los pasos
A sabiendas que esas gotas drenarán los olvidos

El péndulo zigzaguea un desencuentro seguro
Hacia una diana desnuda de círculos hipnóticos
Mordiendo cicatrices sobre los cueros que roza
Al salirse de la órbita de una antaña armadura

Estas horas de antes no duelen tanto tiempo
Como asfixia a otras cuerdas la erosión del rencor
Tiritando pecados a la izquierda del pecho
Los primeros cien años de desmemoriado reloj

Retazo 83

Hay millones de peces
en el agua estancada
pero pocos se ahogan para sí
y entre sí
hay muchas aguas entre corrientes
que hasta se acarician contra sí
y se arremolinan entre ellas
y ponen a girar a los peces
a las caracolas en los fondos
a los anzuelos en la soledad
y mientras pasa todo bajo la espuma
yo me mojo las necedades
pescando -a vara- otra resaca
bajo una sombrilla
encadenada a otro sol

A esta hora

A esta hora
nada
me emborracha
ni brebajes
ni tequilas
ni rojos tintos
ni una cuba de ron
A esta hora
nadie
me embruja
ni santeras
ni pitonisas
ni cartománticas
ni un marcado tarot
A esta hora
nadie
me engaña
ni timadoras
ni daguerrotipias
ni epístolas
ni panfletos del corazón

A esta hora
nada
me mata
ni brebajes
ni santeras
ni timadoras
ni las docenas de muertes
que me he conseguido yo

Espejismos otoñales

Atraviesa un segundo
en la luz de una hora
mientras rompe un otoño
acostumbrado a cambiar
la textura del viento
la acuarela de hojas
leños viejos en cenizas
o un silencio inventado
por vapores hirvientes

hiede la yerba
a plomizas
auroras

La lengua
tararea
una doble
oración

tacto
traduciendo
poros
a relieves

Alas
de
mariposas
dilucidando
bitácoras
incoherentes

Noviembre no se porta
muy bien con las orejas
a medida que el viento
va esparciendo las huellas
y las noches se alargan
y las piedras desacuerdan
y los mercurios convencen
a aceptar hipotermias

Espantando herejías
a contraluz de espejismos
o los quebrados espejos
sólo alumbran pecados
al cerrarles la claridad

No bebas
todo el vino
que aún queda
otra mitad de noche
para aliviar el frío
que brota
de los pliegues
entre la piel
y esa tierra

La noche más larga

aluniza en la noche
renuente a rendirse
y acuchilla bombillas
a medida que insomnia
sobre pisos
zócalos
persianas
tendederas
Sube por los bordes de la cama
y continúa agujereando
vientres
extremidades
coyunturas
y vértebras

acecha los umbrales
a clavado solsticio
espantando a las siluetas
del demonio del iris
condenando los cuerpos
a silencios abstractos
donde todos absorben
sus hoyos negros

juguetea con luciérnagas
suspendidas en las sombras
y escribe nombres de sueños
y calla sueños sin nombres

las cucarachas danzan
los rituales sin longitudes
y sienten sus pasos libres
y libres deambulan por sobre el rostro

giran los vientos
contra las cuatro esquinas
de los portales
apagando todas las velas
arrinconadas
dentro de sus humos
dejando saturados los aires
de desapariciones
resucitaciones
y milagros

desentonan los profetas
de las albas
los diales inexactos
a trasluz de los cristales
donde a un huso en punto
comenzarán a morir
las alucinaciones

Retazo 84

No me bendigas las cuatro esquinas
no encuentro paz en los recodos iluminados
No me metamorfosees los altares
no me distraen las blancas aureolas
troqueladas sobre íconos enterrados
Déjame quieto observando
y por qué no
rezándole mis herejías
a esas decenas de frascos multicolores
repletos de elíxires enajenantes
sobre esos anaqueles
-a escasas luces-
que los exhiben
apartados de velas
ofrendas y caracolas
mentiras y sacrificios
No me santigües los malos hábitos
prefiero quedarme sucio
y maloliente
humeante y pecador
No pierdas el tiempo
expectorándome para donde voy
ya hice la reserva
cincuenta septiembres atrás

Haití

I
resuenan los gritos
de tambores bajo escombros
de ancestros robados a los surcos allende océanos
encallados en media isla condenada a mil infiernos
por armarse con machetes esclavizados

una tierra de todos -menos para ellos- se cuartea bajo sus plantas
y miles de cuerpos se entierran en un mismo bajo fondo

unos rotares endiablados
de gotas y veletas
sobre un mar de todos
-menos de ellos-
los engulle
y miles de cuerpos se ahogan
en una misma tumba

los frutos se desentienden de los dientes de los negros
nunca llegan a saciarle las hambrunas
a la hora en que la oscuridad es remolino
en estómagos alzados a las culpas

no es tiempo para limosnas transparentes
algo tiene que cambiar en esas costas
donde el barquero
cada mediodía de lutos
recoge cientos de almas sin monedas

II
y los niños se bañan en las playas
aún con olor a muerte

III
los vitrales decoloran en los rostros
mostrados en las páginas hipócritas de lagrimas
hechas sólo para cruces de pasarelas boreales
sin gritos
sin tambores
sin miserias
sin harapos

Deformación irreversible

Dejaron de verse
muchos años atrás
a pesar de tener tallados unos ojos
a la sombra de la frente
estos, por diferentes errores
uno de ellos
la discapacidad de observar
con la frente marchita
o sea, con la frente alzada
al otro animal
que también la tenía gacha
dejaron de funcionar
mas no siempre fue así
los primeros de la especie
se miraban a los ojos
algunos por muchas horas, a veces
muchos siglos después
cuando les fue vendido
-por una raza superior-
"un pequeño dispositivo"
alegando que éste les servía
para comunicarse entre ellos
a partir de ese instante comenzó
la deformación irreversible
los fue encorvando
y a su vez, dejándolos totalmente ciegos

y décadas después
el cerebro se les fue alisando
-poco a poco-
borrándoles las circunvoluciones
y con ellas, la memoria
y finalmente por su desuso, el habla

lo único que se les desarrolló
-a algunos-
fue el tacto
y el sistema auditivo, siempre y cuando
se introdujesen unos pequeños audífonos
dentro de las caracolas
entre sí, no se oyen
hoy deambulan -las 24 horas-
encadenados a estos objetos
mediante los cuales
reciben órdenes
escuchan misa
y compran artículos chatarra
y sólo algunos
-los menos dependientes-
utilizan el roce de sus dedos
contra las paredes y el piso
para conseguir -de vez en cuando-
tomacorrientes y alimentos

Abusos corporales

I.
Tanto abuso del andar atropellado
sobre andenes sin rumbos
sobre rutas sin apeaderos
que en las oníricas usanzas
de velos clandestinos
bajo tejas cuarteadas
a los rayos de lluvias
pernocta varada
en las salas de espera
de estaciones rendidas
al deshoje de lunas
recostado a fachadas condenadas
a grafitis vandálicos
y entre párpados y desvelos
agujerea los boletos
de anteriores arribos
esperando las salidas
que nunca cargan besos
y al escuchar el aviso antiguo
del heraldo de los despidos
vuelve al reguero del camino
enredado entre raíles
cruces antiguos   meandros nuevos
a silbar su bitácora
asesina de reencuentros

II
Tanto desecha
la sobriedad de los exilios
acorralados entre voces
traspapelados entre ecos
de todos los remitentes
cincelados en las epístolas
encontradas sobre buzones
al pairo de los azarosos vientos
que en el centro de la nada
deletrean capítulos salados
por la infinita oxidación
del todo redundado en poderoso
dejaron piedras enfundados en los sobres
islas solapadas tras los arrecifes
yerbas embarradas de trasluces
y una divina mujer haciéndole destellos
hacia el canal de los naufragios
y una vez leída la última palabra
la memoria cayó en desuso
y se puso la luna más allá de la pared
que da al punto suspensivo

III
Tanto aguanta
la flagelación cronometrada
en la única piel
desde el comienzo de la tierra
desde el primer grito oxigenado
las mesas frías alimentaron los silencios
los agujeros aceptaban los despojos
una sola cicatriz bojea toda la silueta
que una vez perteneció
a una estatua escondida bajo puentes
llegaba hasta el fin de la espalda
subía hasta el regreso de las sienes
lastimaba cada paso antes del vientre
marcaba giros
goteaba por las entrepiernas
entra a la córnea siniestra
sale por detrás del destino
y para jugar a no ser descubierta
vuelve hasta las grutas
por donde alguna vez
recolectaban semillas de diferentes vitrales
y con la lengua se van curando
los queloides

IV
Pocos tantos
lograron salir a flote al morder el horizonte
el hemisferio escéptico de la luna
apostó al armisticio
el levante -por donde huían los cuervos-
comenzó una ola de despidos matutinos
los latidos arritmian las erosiones
nadie ha quedado para recibir
los restos exhumados del sexo malogrado
una vez fue trampolín
hoy va bebiendo
el zumo de las aguas estancadas
en los pocos charcos que sobrevivieron
a una estación contaminada con lluvias ácidas
recordarme es volver a matarme
de sed

Retazo 85

Ese sol
no desequilibra
las hipotermias
de la noche
anterior
a los deshielos
carnales
sólo queda
la fe
en vivificar
el solsticio
que desapareció
al tercer
otoño
después de aceptar
el retiro
de aquellos brazos
que alguna vez
dolieron
en este desabrigado
cuerpo

Metodología barroca

Antes de terminar de gritar
habrán tomado todos los datos
el nombre y los apellidos
las marcas de nacimiento
las huellas digitales
el cristal de las miradas
el sexo de los placeres

Madrugarán con la intención
de ser los primeros
en inculcar
los valores cincelados
dentro de los fosilizados cerebelos
de los acólitos descendientes
de los padrastros fundadores
de la ética
los uniformes
y el reloj despertador

Al mediodía del cielo
encajarán una bandera
en los portales del descuido
un escudo diseñado
por estilistas de moda
ondearán incrustados
en triunfantes pendones
mientras con las notas de himnos
edulcoran las orejas
de las masas con cantera

Tocarán la puerta
de domingo en domingo
canonizando los pasos
primero hacia el martirio
después hacia la crucifixión
y antes de la muerte
de tres puestas consecutivas
comenzarán las apuestas
a la espera de la resurrección

La oscuridad provoca
mandar al drenaje a toda esa
metodología barroca
encasquetada durante un mal día
de lluvias patentadas
y la garganta se va a gritar
el hígado a chupar
los pulmones a fumar
la nariz a esnifar
el sexo a ejercitar
el corazón a infartar
y las aguas movedizas se convertirán
en el laberinto de escape
hacia donde emigrar
Sin doctrinas
Sin ideas
Sin consignas
Ebrio
Sucio
Libre

En la próxima mañana
el camino se bifurca en dos
La misma mierda
O
tu mierda
Tú eliges

Tipo raro

Érase que no se era
de piel
venas
y arritmias
aunque a veces vestía cicatrices seculares
brotaba fluidos crudos
mientras expectoraba las salidas
bombeaba una sonrisa
en medio de calmas en tormenta
y lograba pasar como semejante
por toda la plaza
repleta de mortales y sus mascotas
érase que se era
un tipo raro
sobreviviendo
igual
que nadie muere
sin sudor
sangre
y sístoles
aunque besaba las gotas perdidas de la lluvia
coagulaba su tiempo antes del alba
embriagaba las cimas de sus alas

Y con la campanada del rezo
confundió la fe en los rostros
en los oficiadores de misas
y en algunas inmaculadas verdades
por los pocos días que duró como incorrecto

Desnudos enmascarados

Desnuda la luna de los desfases
Desnudo el sol de las tormentas
Desnudo el mar de caracolas
Desnuda la tierra de mal de hambrunas
Desnudo el viento de remolinos
Desnuda la lluvia de radiaciones
Desnudas los umbrales de los portones
Desnuda la calle de señalizaciones
Desnudo el alma de religiones
Encuero el cuerpo de los telares
Desnudo el tiempo de los tabúes
Rostros ocultos bajo blindadas máscaras

Retazo 86

Perdonadlos a ellos
a los pecadores arrepentidos
Y llévatelos contigo
A mí no
A mí, condéname
No voy a pedir disculpas por nada
Y menos por lo que crees
que hice mal
Castígame a mí
quémame en la hoguera
y esparce las cenizas
por los cardinales
Comúlgame a mí
y no tanto por pecador
sino
por haber estado a gusto
con todo lo que he deshecho

Erradas usanzas

I
usamos el fuego
para calentar la noche
sin caer en cuenta
que éste solo era una guía
para que los cuerpos
se vieran
y friccionaran entre sí
envueltos en esta
frialdad salvaje
y nos acostumbramos al fuego
y olvidamos los roces

II
usaron las entrelíneas
del diccionario
para golpear las espirales
adrede de cuentas
sin notar que existe
la palabra clara
sin fantasmas
sin rebusques
y se perdieron en desentendidos ecos
y reconciliaron
el despido de todas las voces

III
usando los pasos
delimitados por senderos
para repetir los regresos
que no merecen reencuentros
acostumbramos al mapa
a doblarse en tiempo en punto
sin ver más allá del camino
sin torcer más acá del recuerdo
y siempre vuelan antes del alba
para no molestar a los silencios

IV
redundaban en usanzas corporales
animales
silvestres
cada vez que la lluvia rompía los cristales
confundiendo gotas con vidrios
y con los prismas
pintaban las sombras
hasta que la baja mar
les desnudaban las heridas
y los arco iris
y los fluidos corporales
que coagularon
contaminaron la censura
en la primera fila
de fisgones

V
barro y fuego
leña y tiempo
manos y vueltas
los mismos pinceles
tatuando la tersa piel
de las alas de mariposa
que al secarse
salen a fecundarse
en husos horarios desusados
después hojas
después muerte
después barro
fuego
leña
y tiempo
y regresan al torno
para que otras manos
las moldeen
por primera vez

La necedad de la sed

un descuido la acerca
al borde de un vaso
con sed de algo de amor
con sed de mucho alcohol
y confunde la ebriedad
con la mentira
la soledad
con las arritmias
el desenfado
con la ansiedad
y mezcla falacias con brebajes
que fluyen a través de labios
gargantas
venas
carnes
sexos

hasta que liba
la próxima ronda
y las cuentas se saldan
y los neones se apagan
y las verdades enganchan
y cuando la realidad vuelve
seca de demonios
y se siente el filo
del borde del vaso
con resaca de algo de amor
con resaca de cero alcohol
el exceso de sobriedades
corta de cuajo las falsedades
de sus sortilegios
y un vaso de agua aclara
la necedad de la sed

Retazos 87

hoy el pasado cae jueves
como último ayer
con párpados religiosos

mirada hacia el adentro
de las estelas
dejadas hacia el fondo
del recuerdo

espuma
odas
y algún
pelícano
extraviado

y mientras se acerca
el horizonte
a la brújula tatuada
en la siniestra del pecho
menos tiempo queda
para alcanzar
las orillas
de mi isla

Aquellas noches de vino tinto

cataba los labios
mientras estuviesen
mojados de vino tinto
y la lengua
mientras tuviese
sabor a vino tinto
y los dedos
mientras tuviesen
manchas de vino tinto
y las palabras
mientras estuvieses
ahogadas en vino tinto
y el sexo
mientras estuviese
estimulado por el vino tinto
las botellas vacías
ruedan entre las copas
y las sábanas entintadas
se bebió
a los dos
y dejó la puerta
entrejunta

Ella y las bitácoras

entre ella y las bitácoras
descuentan los lápices
O delinear los reflejos
de nortes sin estrellas
Entrenar dos veletas
silbantes a desaires
llegando a un mismo atraque
de levantes y puestas

saber que incierto era
caminares descalzos
A ras de arrecifes
paridos a reflejos
En tiempos silenciados
la incertidumbre grita
En olas imposibles
la espuma encuentra aires

quizás este mismo otoño
resuciten cuatro brazos
retados a mercurios
en termómetros inciertos

tal vez a veces tarde
apunte hacia el silencio
una luna ansiosa
por besarle los dedos

si mirase a los ojos
me leyera los huesos

Marco de poses

todos llegan para largarse
cuanto antes
del marco de poses
condenadas a pernoctar
en volátiles daguerrotipias
sobre ladrillos trenzados
incapaces de soportar
los desacuerdos telúricos
entre el fuego y los óleos
la muerte y los reflejos
la remembranza y el viento
y tras los cristales
no se almacenan los golpes de ecos
como los lienzos a diario borran
la mala fe de las siluetas
y al restaurar las fachadas interiores
la decoración desaparece
evitando auscultar
el indefinible desgaste
de los ancestros

Mujer meandro

de memorias responde los recodos perdidos
en recónditos parajes negados a interrogación
aferrando crudas frases a huidizos laberintos
grabados en los adentros misteriosos del reloj

convierte los escapes en cortezas salvavidas
curtidas por años de tormentas solares
inaccesibles al descaro de una ráfaga de besos
intocables al roce malintencionado de los ojos

a dos pasos del cuerpo
la lejanía hipnotiza
hecha vox
miradas
extraños
absurdos
y la novena puesta
aparece de pronto
y despide las lunas
y aletarga el encuentro

en la estación de levantes
arriesga la apuesta por los diptongos
aun cuando por varios siglos
una mujer meandro
desconoce el amanecer

Trampa de epístolas

le han tatuado ojeras
al desnudo de la luna
de trasnoches hurgando
los buzones virtuales
entre leyendo entrelíneas
traspapeladas en fases
a la entrada de sobres
embriagados de dudas

las razones recalan
patentadas a inciensos
con motivos traídos
desde el sur de la noche
asistiendo descalzos
al error de los rumbos
señalados por el vértigo
indeciso de los humos

tras la sed de las córneas
revolotean infinitos teclados
pulsados al cansancio
por insípidas máquinas
de dedos sin recuerdos
de ocultos remitentes
de cualquier otra huella
que no es la que se aguarda

delante de los párpados
llueven infinidad de letras
escritas al descuido
por ocultos semblantes
de golpes sin latidos
de muertos diccionarios
de cualquier otra lengua
que no dicta esperanzas

en la pantalla tiento
al final de los ojos
una trampa de epístolas
disfrazada de ciertas
a la espera de que arribe
entre tanto silencio
unas cuantas palabras
una frase
un descuido
un sobrio telegrama
con las teclas pulsadas
por los credos de ella

Salte antes

No te enamores después
de beber un tonel de vino
escuchar trova
fumar tres cajetillas de cigarros
conversar siete horas consecutivas
masticar labios
besar lenguas
liberar dedos
desabrochar vendajes
y templar
salte antes
y te vas a ahorrar
mi resaca

Mujer impropia

I
Rostro de mujer
Una imagen grabada
antes del inicio del barro
sobreviviendo a la creación
al origen de los herejes
al eclipse del tiempo
hasta el borde de una mirada
que de escucharla
vuela

II
Viento de mujer
La rima incomoda
las vueltas de clavijas
y la danza rompe
desde la primera vértebra
hasta el giro de las veletas
contagiado con su sudor
Y el aroma densa el aire
lo hace voces
alimenta

III
Ola de mujer
Atrae las mixturas
al vórtice del ombligo
arremolinando en el espacio
donde el vientre
se convierte en el centro
de la vida
las sales
las algas
las caracolas
el azul
Y desde ella brota un universo
donde las luces
pernoctan

IV
Mujer impropia
Anda por sobre todos los andares
las señales tuercen a mirarle la espalda
las piedras besan los descalzos
la osa polar sigue otro norte
Ella es de ella
La mariposa es ella
La luna es ella
Y la poesía de ella
cae sobre mí
lluvia

Dibujando bocetos

la soledad se porta bien
con las palabras inaudibles
quejadas a intramuros
de una garganta desencordada
el viento agradece
la contaminación de silencios
desbocados
al suicidio embriagado
de solsticios

creda el aire
la mitología introvertida
en vacuos altares
de estampas y reliquias
las cuentas decoloran
en los infértiles collares
con recuerdos
de oraciones clandestinas

los mecheros escupen humos
contra el espejo
donde antes rebotaba el eco
de alguna palabra
dedicada a otra silueta

vive dibujando bocetos
sobre paredes
con un ayer tallado de sucias manos
la muerte le ha dado la vuelta
a las esquinas
tantas veces
que el grafito
simula latidos

-flores
silvestres-

amanece
en el cardinal
este
de la yerba
mucho
más
cerca
del descalzo
que
de la piedra
la luz
no se ha atrevido
a romper
el vidrio
sur
de las
únicas
cortinas
puestas
en el rumbo
entre
las ventanas
y
los mudos ojos

y todo
pernocta
inerte
dentro
del eclipse
visceral
del hueso
no parpadea

la luna
quedada
a vivir
detrás
de los colores
y nada
vibra
dentro
de los flejes
y cuerdas
del despertador
vencido
y llega
el cenit
y el respiro
el nadir
y el ahogo
y todo vive
afuera

y todo muere
adentro
y el cuerpo
levita
entre
dos horizontes
hasta
que los ojos
escupen
la muerte
de sus fauces
y la puta
oscuridad
acepta
-flores
silvestres-

Desamores inevitables

I
vibra
el abdomen
de una cigarra
y los ojos
se salen
de las jaulas
a descubrirse
con las voces
dormidas de la piel
de al lado
con volteretas sordas
de su beso
hacia mi
encuero

II
sobrevive
a dos cielos
del planetario
de un cuello
que es antimateria
y anti rezo
y anti roce
y anti tiempo
imposible aterrizar ahí
y olerle
las volátiles fases
de sus sudores
carnales

III
aprovecha
las espumas
y los globos
y se sale
de las manos
a volar
y sólo queda
tantear
como
se pierde
entre las nubes

IV
viene
una última vez
sin haber primera
a burlarse
de la repetición
que los descalzos
han dejado
alrededor
de la silla
dónde sentada
evitaba escuchar
mis pasos

V

alejado
se difumina
un rostro
-el mío-
y ella
sigue
sonriendo
como
si no
pasara
nada

Necesidades básicas

1.
Necesito una usurera
que me cobre por su indecencia
a la inexacta tarifa
que se embolsan las señoras

2.
Necesito una mentira
que desordene mis dudas
a los incomprendidos credos
de las verdades absolutas

3.
Necesito una carnicera
que tasajee mis cueros
al filo de las guadañas
de las insípidas parcas

4.
Necesito una garrotera
que me adelante sus créditos
a los intereses variables
de las justas damiselas

5.
Necesito una alcohólica
que me emborrache las noches
a las inestables fases
de las puritanas lunas

6.
Necesito una locura
que defienda a mis desnudos
a la vista inquisidora
de las cegatas blancuras
7.
Necesito una esperanza
cruda, negra, ebria, impura
que atreva a entrar en mis ojos
sin maquillajes ni lluvias

Mar afuera

la lengua expiraba entre las gotas
viendo a la llovizna ir a vivir bajo las olas
y en los besos rendían voces los silencios
y en la sed pactaban sequías los morrales
aunque tarde
una enredadera tocó espumas
en la esquina más alejada del horizonte
azul negruzco de sales
plomo intenso de nubes
y una cicatriz de colores
partiendo casi a oscuras la crueldad del lienzo
y el hambre le abrió fauces
y devoró los siete óleos
ya de noche
la mentira asecha al pecho
desde el borde del latido
hasta el reencuentro con la espalda
y sólo queda rezar porque regrese la tormenta
y cargue con las córneas
las cuerdas y el estómago
y lo saque más allá del demonio
y le empape las pisadas al recuerdo
desde mar afuera no se escucha
                el grito de las alas
las paredes movedizas cercenan los escapes

y con las luces
aparecen deshojados
los plumajes muertos
sobre los arrecifes
al norte de la isla

Retazos 88

Segundo piso
Elevador de servicio
Puerta entreabierta
Registro su voz
Vuelta inconexa
Lozas desgastadas
Rozar sus ojos
Mi transfusión
Acierto a veces
Un accidente
Otras la tierra
Nunca giró
De largo cruzan
Sueños vivientes
A dos recodos
Su eco voló
Las horas cuentan
Hasta otra tarde
Cuando la claustrofobia
Se abra en el número 2

Más libre

Lo que a veces regresa
en diez años de olvido
es la mirada vigilando
cada paso disidente
es el rostro tallado
en cada fachada sobre roca
es la censura hurgando
bajo falsos forros de cuadernos
es la voz encallando
en toda isla de sorderas
lo que siempre parte
en una flecha de tiempo
son las contaminadas cenizas
de mi desesperada despedida
y cegar miradas
y borrar rostros
y apagar ecos
y mostrar portadas
Y andar más ligero
que ayer
Y más libre

Antes que llueva

Deja caer tu desnudo
sobre el pedazo de tierra
donde aún queda
algo de yerba
seca, amarilla, infértil
contaminada
recuéstalo sobre la piel
sucia de todos
las estaciones pasadas
abona los tallos
enterrados en los poros
y hazlos crecer
hasta enredarse en tu vientre
en tu espalda
en tu sexo
en tus nalgas
y córtalos para ti
y llévalos contigo
igual van a morir
al besar otra piel
Déjate caer
apúrate
hazlo antes que llueva
después
todo se ahogará

Retazo 89

Todo es pequeño
en el espacio que hurta
ojos
cadera
dedos
senos
Y queda grande

Retazo 90

Ras la ventana
una orilla
divide los vidrios
en grises y azules
cuando rompe
da blanco
cuando oscurece
da miedo
y el cuerpo se corta
con los reflejos
del reencuentro
entre la roca
y el naufragio
a partes iguales
de sal y aires
arenas y crestas
respiros y ahogos
y mientras
todo se encierra
entre los marcos
de una empañada
transparencia
un pelícano
se suicida
contra la fe
de las olas

Sueño de una noche de invierno

Antier era un solo
de rostro de azares
en dos dimensiones
ausentes de cueros
puntos policromos
robados al óleo
trazos encerrados
en planos inciertos

Viajaron trenes de ecos
desde el sur de los sueños
hasta la noche exacta
donde encienden los ojos
y el ayer quedó cerca
del borde de los dedos
y aunque aún intocable
provocó atrevimientos

Enredando palabras
entre labios y cuerdas
pasaron los brebajes
a favor de las lenguas
y una perla hizo tierras
al vibrar los silencios

Hoy despierta la lluvia

con las gotas de ella
cayendo sobre una sed
insegura de fauces
y atraviesa los poros
y alimenta las hambres
y humedece la aridez
que cubre los recuerdos

El invierno la trajo
al eje de las córneas
sin saber si mañana
alumbrará este tiempo

Broncas

Traigan las gargantas
al filo de las lluvias
le he mentido a todas las lenguas
llevadas a sus bocas
en los segundos antes que cerraran los bares
en las horas más tarde que rompieran los desnudos
y me atragantaron todas las piedras en los cielos
y el paladar muerde los pellejos calientes
y devoro pupilas
y expectoro incisivos
Carguen las alcantarillas
aunque no queden gotas
Y me coman los adentros
el amor
y los odios

Bolitas de pan

A veces quisiera ser invitado
a la cena de los marcados
De los decapitados
De los desmembrados
De los descontados
Pero por acá no sirven metralla
A la hora del hambre
Y,
sólo de cuando en vez,
nos matamos entre sí
por mero aburrimiento
Por intolerancia
O por salir en la tele
A veces quisiera ser un comensal
de una arruinada mesa en Aleppo
Y,
antes de que caigan las bombas,
jugar a lanzarnos
bolitas de pan

Retazo 91

Llueve lluvia sobre Filipinas
y las gotas
al rebotar sobre el polvo
ensucian mis ojos
y me quejo
y expectoro suciedades
y le miento la madre al dios de ellos
Llueven bombas sobre Siria
y las esquirlas
al reventar huesos
no molestan al patio de mis ojos
y acordono los zapatos
y leo mariposas
y agradezco al dios de ellos
por haberse hecho
la luz

Convivencia

carcome a pulsos
de tiempos constantes
a ocultos del iris
donde besan amoríos
la vida decadente
con la muerte viva
y se va atragantando
todo el tejido necrótico
por la necedad de los vicios
mezclado con pellejo limpio
músculos inútiles
y huesos desclasificados
por la insanidad del ser
haciendo túneles
donde antes era piedra
dejando acritudes
donde hace dos lustros atrás
paró de llover

con la puesta se escucha un aullido
a la noche se sienten los derrumbes
al amanecer se va a dormir
y se vienen las horas
de sostenerse en pie
delante de la luz
y los viandantes

pernoctan
en la misma recámara
un roedor silvestre
y un frasco de pastillas
para aliviar
el dolor
intenso

Al de la foto

es parte del paisaje pintar sucios desnudos
siempre y cuando enmudezcan
                        las censuras de los dioses
y veas arte en los volcanes de la luna
y aceptes orillas en las mordidas de las olas

cuenta el reflejo las abrasiones de las tangentes
arrancando descuidos a un mutante boceto
la colisión perdida de pléyades atormentadas
sobre barro despegado
                        de los huesos de septiembre

entran vientos por los pasillos
                    del cesto de almanaques
y sale un ahogo incapaz de guiar veletas
la nicotina densa
        las gotas suspendidas en los remolinos
y en los alisios

no es el mismo hombre
ni por la silueta
ni por las lenguas
ni por el hambre
aunque a veces sé de un aire
             al niño de la foto
sobre la mesa de noche
de la madre

Su espalda

Hay una mesa servida
de poros
de entrantes con tetas
carnes con diamantes
vellos enlatados
guarniciones húmedas
nalgas bien olientes
piernas al desnudo
de beber un tinto aireado
con los sudores
del miedo al antes
de la osadía del después
y un agridulce sexo
tentado como postre
como sobremesa
como ingravidez
y sólo elijo el infinito
de su espalda
para llevar la lengua
desde la lujuria al beso
desde el beso a la lujuria
y cientos de surcos

Cinco golpes

I
alfombra de azules
busca la roca
después de vidas
sin ceremonias
cambia las carnes
muta en blancuras
culpa al camino
su loco azar

II
espuma flota
a cuello de ola
acude al pecho
atemporal
golpea un beso
contornea el silencio
tatúa en el hueso
otra soledad

III
carga salitres
rimando inciensos
los ojos siguen
su desandar
por entre algas
náufragos leños
muertos flotando
cortan su lar

IV
en los andenes
secos de escuchas
lloviznan caracolas
sobre los bancos
se hizo el milagro
de los pasillos
obró el destino
la claridad

V
rezo de gotas
vestidas con aires
cruza la orilla
hasta mi fondo de mar
sentado afuera
danzan regresos
un remolino
me hizo callar

La lengua

A los cuántos besos
de doscientos labios
se hallará la lengua
que invierta en palabras
Que grite silencios
Que suicide fanfarrias
Que tararee secretos
a la luz de las trampas
A los cuántos tiempos
de besar pentagramas
se hallará la cuerda
que eternice al alba

Creo

Anoche
vivió
un eclipse
creo
pasó la tierra
entre tu luna
y mis ojos
creo
Anoche
viví
un desnudo
creo
pasó en silencio
entre tus senos
y mis tactos
creo
Y recé
creo
por las sombras
que en las noches
se dibujan
con
un regreso

Cuatro caminos

I
a la vuelta
el llamado llega de la esquina
con tres líneas de escapes
y una fácil de muerte
a señales a giros de insolentes veletas
a varias marcas de medios pasos
borrando secas huellas

II
un demonio sentado sobre un piso zurcido
lee los rincones donde ocultan las caracolas
que sabe la mentira de los caminos
y la verdad de los senderos

III
cuál ancla puertas sin bisagras
u holográficos muros
o umbrales abiertos a seguros abismos
y el del despido
años antes de que se oxiden las sístoles

IV
tatúa una flecha sobre el asfalto
hacia el horizonte norte
del minutero
y se escuchan campanadas
a lo lejos

V
a dos pasos
una mujer
danza rituales hipnóticos
e invita a que la siga
se pierde entre dos muros
cementados al azar
dónde la oscuridad pernocta
después del segundo ladrillo
con ella
además

VI
la luz envuelve
un arcángel alado
sin apenas volar
marca los contornos
huele perfecto
enciende las lozas
desvelando
un túnel
infinito
de todos lados
los altavoces
expectoran resucitaciones
y amor por perdón

VII
estoy sembrado
en el encuentro
de un último viento
el de sobrevivir
hasta
morir
como venga

VIIII
saludo al demonio
beso a esa mujer
le rezo el dedo del medio al arcángel
y salgo
a
enfrentar

Pico de colibrí

Abre el pellejo
que guarece
al corazón
hurga la mano
hasta sentir los bombazos
ase fuerte sus dedos
al bulto de músculos
y de un tirón
arranca venas y arterias
amor y suicidios
pulsos y secretos
y lo arroja
sobre una bandeja
de metal martillado
para darle de comer a los cuervos
a los buitres
a las tiñosas
y mientras se despide
de la anterior vida
y observa como rapiñan
sus últimos latidos
un colibrí hambriento
intenta
picotearle las córneas

Cueros de maniquí

los ojos no van más allá
de los maniquíes
con piel incorruptible
pecho insípido
torso perfecto
ojos vacíos
inmovilidad de cal
y anclados
por detrás de las vidrieras
inútiles
a la orilla de los pasillos
silentes
por anomalías en las cuerdas
bellos
por la imperfección de los transeúntes
y algunos
y algunas
aceptan la apnea de las vitrinas
por tal
de lucir intocables
o inhumanos

y sus cueros van cruzando
los cristales
y terminan acostumbrándose
a la luz perenne
aún
cuando afuera
engorda la oscuridad

Tres puertas

Giran tres puertas
-tras la tarde-
y se cierra la calle
afuera late la tierra de ellos
con las pupilas escrutadoras de ellos
con las deidades de ellos
con los bullicios de ellos
con las perfecciones de ellos
adentro pernocta el mundo mío
con los defectos míos
con los dolores míos
con las miserias mías
con las muertes mías

Giran tres puertas
y entro a la calle
-tras la noche-
a ganarme el sustento
de mi silencio
con los cientos de mandamientos
de ellos

Para Luz

No le voy a pedir cuentas
a mis demonios del pasado
por dejarla salir
del umbral de las sábanas
donde amanecí sintiendo
los senos de ella
la risa de ella
el vientre de ella
la piel de ella
Le voy a pedir permiso
a los demonios de su presente
para que la traiga de vuelta
hasta el umbral de las sábanas
donde amanezca sintiendo
los senos de ella
la risa de ella
el vientre de ella
la piel de ella

Edicto de purificación

el diluvio dejó caer
mil pasquines
a la vista del aguacero
recogen -a precio de diezmo-
pellejos usados
sucios
cuarteados
donan -libres de impuestos-
pieles santificadas
perfectas
hidratadas
la osamenta
-cuál vía crucis penitente-
ha de permanecer
expuesta a los
elementos infernales
por los cien próximos días
mientras termina
su purificación
en las aguas
del río de los bautizos

Al ciento un día
resucitarán
todos los defectuosos
incrédulos
vestidos
con rocíos enderezados

Ausencia

alguien no asistirá
al desvelo de la noche
puedo ser yo
en el proscenio de la luz
o un otro yo
en las bambalinas del horizonte
alguno de los que estaba segura
su asistencia
estará ausente
y no será por culpa del primer yo
que no vaya
o no será por culpa mía
que no cumpla
será por el azar de la primera sombra
que escogió a ese yo
o a mí
para que falte

En la estación de los soliloquios del eremita

en la estación
de los soliloquios del eremita
las voces deambulan
de pared a falso techo
o de rodapié a esquina
pisoteando las imágenes
abandonadas por la memoria
el hombre se queda con sus ecos
ha perdido la fe en la mirada
en el tacto
en el olfato
en los santos
en los cuerpos
y mientras en un tocadiscos antiguo
gira un acetato fuera de revoluciones
tararea una canción protesta
de los tiempos
cuando probó el alcohol
el sexo y la noche
por primera vez

y escuchó la guitarra
y la trova
y el vibrar de esas cuerdas
lo mantiene vivo
aunque olvide oraciones enteras
conjugaciones imposibles
besos sin lenguas
y nombres
y más nombres
fáciles de no mencionar
en la estación
de los soliloquios del eremita
cuando el silencio se roba los gritos
se abren las cegueras
y se sueña
Borracho de mierda.

Entre amar
y dar
y lar
y mar
y andar
y liar
y pan
y ser
y estar
me quedo con el bar

Cuando tranque la puerta

Atreva a la noche
a entrar en mis ojeras
siempre que se asome
disfrazada de vos
con su porte
sus alas
sus osadías
y revueltas
y el aroma del cielo
encapotado de su olor
y que traiga las copas
que yo destilo el vino
y que venga con labios
que inventamos los besos
y que pase vestida
que yo enciendo las velas
y que moje la lengua
que otra lengua la espera
Y que deje en la puesta
los desfases paganos
y borramos las lunas
cuando tranque la puerta

Tierra segura

Conocía de memoria
las bitácoras de viajes
donde las sobrias brazadas
evadían los naufragios
los alisios
no molestaran los peinados
desaparecían
las corrientes de resaca
la sed
mantuviera dulce la garganta
y en los puertos soslayaba
los amores
y en las costas evitaba
el diente de perro
y a ras de hombros aceptaba
la marea baja
y en las playas separaba las
manchas de algas
Cada noche -en los sueños-
una mujer desnuda
entraba al mar
hasta que su cabello
se hundía entre
las atormentadas olas
y desde su orilla firme
sólo miraba cómo se perdía

y no la buscaba
y nunca la salvaba
Vivió ahogado entre señales
de tierra segura
Murió virgen de poros tupidos
por el miedo
a la oxidación de los salitres

Rutinas cambiadas

Hace unos tiempos
aquí
al costado donde está sembrada la mesa
había una cama
-desde que caí en este agujero-
la puerta del frente quedaba a cinco pasos
el pasillo -de escasos 20 metros
hasta el comienzo de la calle- a ocho pasos
la calle -al final de pasillo-
parecía limpia y siempre llena de flechas,
líneas, distancias, semáforos y señales
que llevaban a todos los autos
-incluyendo el mío-
a parqueos seguros
a casas seguras
a otro cuerpo -que parecía seguro-
Y el tiempo iba pasando
a segundos exactos
minutos exactos
horas exactas
semanas, meses y años exactos
-aunque cada cuatro años
para arreglar una inexactitud,
le ponían otro día exacto-

Y la vida era así de fácil
pasaba borracho
-las noches entre semana-
escribiendo o leyendo
y a la mañana
me iba a trabajar
para buscar dinero
con que pagar los recibos de la electricidad
y el seguro del auto
y la renta
comida
alcohol y cigarrillos
y con la plata que sobraba
-el fin de semana-
ponía gas en el auto
y conducía siguiendo las flechas, líneas,
distancias, semáforos y señales exactas
hasta la perfecta casa
de ella
y saludaba a su perra
bebíamos vino
y después teníamos sexo duro
toda la noche
El domingo desayunábamos
teníamos sexo crudo -otra vez-
nos despedíamos en la puerta
de ella

y regresaba a mi cuarto
a emborracharme
a escribir
a trabajar
a fumar
a comer
a leer
a dormir
hasta el próximo sábado
Hace unos tiempos
para acá
hubo un derrumbe
del otro lado de la puerta del frente
-que aún dista a cinco pasos de la mesa-
y del otro lado
ahora no es seguro
se abismó el pasillo
y con él
ella
Por eso me quedo del lado de adentro
emborrachándome
escribiendo
leyendo
durmiendo

y sólo abro la puerta
-de vez en cuando-
para despedir
el humo de un cigarrillo
sólo para ir a trabajar
me voy
por la puerta de atrás